AVESSAMENTO

maria giulia pinheiro

segunda edição
URUTAU
2023

O —

editora Urutau

rua dr. manuel pacheco nobre, 128, 5 esquerdo
2830-080
barreiro (setúbal)
portugal

rua do cajú, 478
jardim das cerejeiras, 06724-015
cotia-sp
brasil

[+351] 928053619 [portugal]
[+55] 11 9 4859 2 426 [brasil]

www.editoraurutau.com
contato@editoraurutau.com.br

[EDIÇÃO]
debora ribeiro rendelli
tiago fabris rendelli
wladimir vaz
[IMPRESSÃO]
iverso
[CAPA]
fotografia de felipe prieto em *unsplash*
[ISBN]
978-85-69433-36-1

SUMÁRIO

Prefácio

Depois dos livros *Da poeta ao Inevitável* (*PS: entre mins, el_s e seis Deusas*) (2013) e *Alteridade* (2016), Maria Giulia Pinheiro volta a provocar afecções e afetos com a publicação de *Avessamento*. A poeta vê o mundo "com olhos de vagina". Verso fabricado por ela que sintetiza, de forma lapidar, seu corpo/texto em forma de poesia. Seus poemas criam perturbações oculares, diretos cortam a íris e a carne, nos mostram que não basta ver, é preciso enxergar o mundo de formas inéditas para melhor reconstruí-lo. Como mulher poeta, ela entrevê o movimento da vida com os olhos de todos os órgãos dos sentidos. A singularidade de sua escrita poética reside onde seus olhos estão guardados.

Nos poemas de *Avessamento*, os objetos de fora aparecem dentro e os de dentro materializam-se fora. Esquerdo/direito, frente/verso, em cima/embaixo, animal/humano, masculino/feminino não são oposições, não se contrapõem, são posições móveis, fluidas e mutáveis, portanto se reconfiguram a cada instante. Assim, a poeta brinca com as palavras, suspende sentidos e joga com forças intensas que atravessam o corpo, intensidades inerentes ao humano. Assim, ainda que parta de si, aparta–se de si e sua tapeçaria poética tecida com lacunas, vazios e ausências descortina a beleza e a complexidade da existência, deixando aos leitores(as) a liberdade de preenchê–los.

Suas palavras nos tocam como se fossem dedos pontiagudos e macios, "vinte dedos viram baratas", e eles simultaneamente nos ferem e acariciam a pele. Os textos viram sons, imagens e cores que traçam os contornos e afirmam as múltiplas existências femininas, evidenciando a relação entre a sexualidade e a escrita. Como mulher e poeta, ela explora as rupturas entre sua identidade social e sexual e a sua prática artística, fazendo dessa ruptura um de seus temas privilegiados; oferece o corpo para ser lido, "Literatura que é / gosto, / que arde os lábios, / os grandes, /enormes, / de todas / as cores".

Do corpo sexuado construído historicamente emergem metáforas poéticas e analogias que constituem desafios simbólicos ao falocentrismo reinante em nossa sociedade. Assim, a poética de Maria Giulia Pinheiro é feminina e feminista. O feminino nos poemas não tem nada de leve e idealizado, sua lira está embriagada das energias femininas que não podem ser contidas pela ordem simbólica patriarcal. Portanto, sua escrita desafina o "coro dos contentes". É política, interessada e engajada. Sua escrita é "Texto que é terra", palavra concreta, crua e dura que desnuda, desnaturaliza, mas ao mesmo tempo cria novas figurações, e as palavras adquirem leveza voando livremente. Assim, a poeta produz uma discursividade comprometida com a produção de conhecimento para si e para os outros, com a reformulação dos imaginários sociais e com a construção de um mundo que inclua os diferentes, os *avessamentos* (im)possíveis.

Encontramos em *Avessamento* poemas feministas do século XXI. Desse lugar histórico, a jovem escritora feminista não se ocupa mais em "matar o anjo do lar", como desejava Virginia Woolf, mas em encontrar espaços exíguos de liberdades possíveis, cartografar modos alternativos do vir a ser. O uso instrumental e lúcido da linguagem poética cria uma "Estética de abrir espaço entre as costelas"; ela busca franquear as costelas de Adão. Quer desprender-se da linguagem hegemônica e homogênea – marcada pelos cânones masculino, pelos universalismos – e também das subjetividades impostas socialmente aos indivíduos.

Enquanto mulher/poeta, ocupa o lugar da estrangeira em relação aos poderes simbólicos instituídos, nessa condição de desapossada da linguagem, do poder e dos bons costumes, busca romper com as violências materiais e culturais a que são submetidos todos aqueles que são diferentes, considerados avessos sociais pelos poderes normatizadores. Num movimento de resistência, racha palavras, inverte as evidências e se insinua como profetisa do porvir, de outros modos de vida, de outros modos de sentir, tendo como horizonte a criação de um mundo mais humanizado, ético e libertário. Como ela mesma escreve: "Todas as pombas são aquela que comeu minha língua? / Por que elas têm asas e comem no chão? / Eu arrumaria milho / nas nuvens, se / tivesse asa, / se tivesse língua".

Marilda Ionta

Doutora em História Cultural pela Universidade de Campinas e professora da Universidade Federal de Viçosa. Autora do livro *As cores da amizade: cartas de Anita Malfatti, Oneyda Alvarenga, Henriqueta Lisboa e Mário de Andrade* (2007) e amante da poesia.

"Assim é que entendo a lição;
sabê-la, mas segui-la, não.

Fugir do que ela faz de gesso,
dançá-la, mas sempre do avesso."

JOÃO CABRAL DE MELO NETO

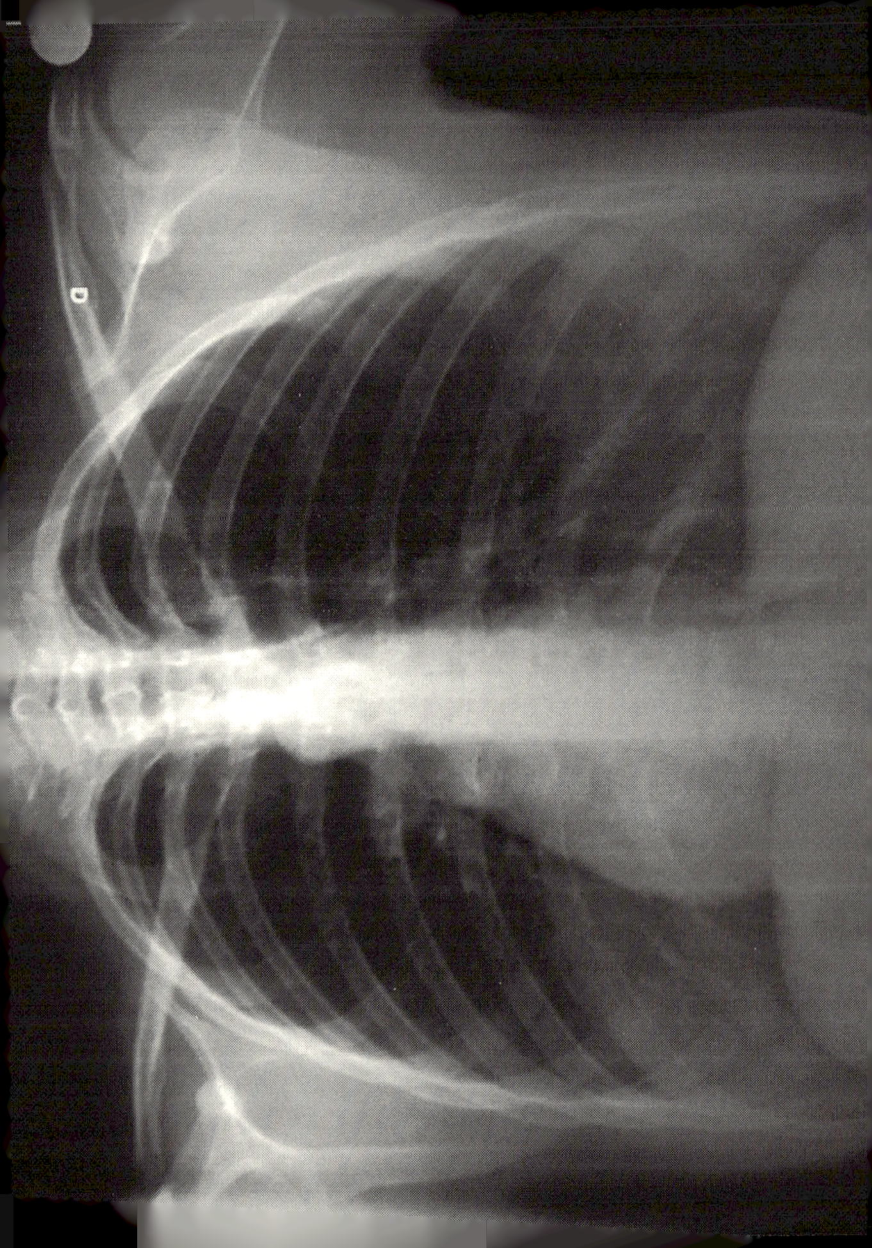
D

*

Literatura que faz da carne o corpo. Que faz da letra o osso.
Palavra que cobre de músculo o sentimento.
Literatura para engolir aos poucos, comer com cuidado,
precaução para não vomitar demais.
Linguagem que é nudez maior do que a pele.
Pele arranca–se, Desejo, não.
Essa gente, essa gente achando que boceta aberta é risco,
Ave,
Não sabe que risco maior é de caneta.
Escrever com a boceta aberta,
Ler com o peito rasgado,
E costurar com a linguagem as marcas dos nossos corpos.
Eis o que desejo da arte: risco.

Da carne ao corpo,
Do corpo ao texto:
Literatura é fome
De alma do avesso.

Qual a cor da tua carne,
o cheiro do teu território,
me deixa fincar bandeira
na tua imaginação?

Paixão é carne nua de pele crua de clichê de imagem doída
doida de coração e alma.
Carne de Afrodite
Olho de poeta
Coração de pequi
Boca de café
E, no colo, um porto.

Palavra que é carne, que, se fundo, jorra sangue. Não osso, carne. Palavra feita de fragilidades e de sagrado. Selvagem. Literatura que é Deus, porque dança, como Deus. Um Deus que é amor, porque não morre e está entre nós, dançando. Poesia que é ritmo, como o peito é. É forma, como o peito é. É volume, textura e dor, como o peito é. Som e sentido. Trobairitz. Amar para não morrer, amor de poesia provençal, amor a Deus, visto em você, na calçada. Dramaturgia que habita o corpo que dança o corpo. Texto que terra. Que pisa o mesmo chão que eu e mostra onde estou. Que desce, às vezes, à posição fetal e sobe sambando e olha o céu. Literatura de

transgredir o erotismo. Não só ir além do movimento fatal, mas feder e continuar viva. Estética da luz na sombra do belo.
Estética de abrir espaços entre as costelas.
Pensando bem,
palavra que é carne,
texto que é osso,
frase que é raiz.

Literatura que é
gosto,
que arde os lábios,
os grandes,
enormes,
de todas
as cores.

A menina de relógios nos olhos

Pudesse escolher, era o tempo o seu marido. Era com ele que passaria as noites em claro, discutindo as horas, buscando os mistérios. Pudesse mesmo decidir, era ele, o tempo, o amante eterno. No emaranhado dele é que se perderia dos Outros. Seriam dele os seus filhos: cada um viveria até o momento exato de nascer de novo.

A menina de relógio nos olhos, cada vez que contempla o impossível, sente a solidão ancestral. Vê o espaço agora como ausência. Entre quem ela quer ser e quem ela é, existe um passado. Mas não o toca: o amado–tempo a abandona mais a cada segundo. A menina de relógios nos olhos *des–trai–se* do futuro em obrigações *inurgentes*.

O Tempo ouve a menina:
vai ver,
tô lá
na es–
quina.

Ao leitor

Não vou
lhe dar a
carne, mas

sinta o
gosto.

*

Ciúme ou sífilis
se pegam ao acaso.
Melhor tomar cuidado
e não se matar mais.

*

a Pagu

Varro, varro, varro
o chão da casa,
mas as fendas são enormes.
As raízes rasgam o taco
as raízes são enormes
as raízes invadem a cama.
Lavo a louça
peça por peça,
lavo os pratos e copos,
e até as xícaras e taças,
mas as sementes grudam
e germinam mesmo assim.
O que faço agora, se das pias
saem troncos e folhas gigantes?

Escalo a árvore que insiste em nascer,
como se a solidão fosse um passo de dança,
escalo até o topo.
Me espera que eu vou.
Me espera que eu voo.

*

vulva-negra,
quem não morreu
de você, não sabe
o que é o viver.
esses olhos de vagina
nutrem o mistério.
Abismo.
uma piscada,
sozinha no sagrado,
ao Deus, sentido.
(ausência de verbo)

Luaeuchão

João (3:3): (...) aquele que não renascer não verá o Reino dos Céus.

Na minha boca
a grande cobra
entra sorrateira
e escorrega até
sair da minha vagina
para a terra
enquanto troncos,
veias e artérias
sobem ao meu
redor, seiva
marrom, azul, vermelha,
viva, para o céu.

Subo bem alto,
bem alto aonde
pássaros vem me visitar

e namoram em mim,
a cobra brinca
nas minhas raízes.

Fico verde, bem verde,
cheia de frutos suculentos,
os animais me comem,
eu me dou inteira.
Tenho tanto prazer
em alimentar,
que seco.

Eu seco
e sento no centro
do tronco.
Volto para o
interior, desço,
desço, me despeço
dos bichos, chamo
a serpente para
dentro.

Viro raiz.
Entro na terra.

escuto os gritos
infernais. Vou
ao fundo de mim.

Fecho os olhos até
chegar o serpentear
dela, sei que quer
mergulhar na minha boca
e me virar árvore nova.

*

Saliva
a minha voz
a minha vez
o meu cuspe
o meu
cu.

Queria ser minhoca pra arejar esta terra de ódio.
Meu corpo político
estético
oferecendo
os seios às
setas
da polícia.

Minhas raivas
obstétricas expostas
aos gritos vazios
e meus cus

dados
aos mundos
avessos
aos sofrimentos
dos mortos de fome,
que já nem ouvem
aquilo
que não alimenta.

[Hoje menstruei um vermelho tão vivo.
Fiquei orgulhosa do erótico liberto
que trago comigo
ainda que meus
olhos públicos
sejam inundados
de um amarelo
insonso pálido sepulcro.]

*

Sangue nu
Carne que escorre
Ar que adensa
Fogo cru

Você diz ore
Eu desfaço a crença

Sangue cru
Carne que densa
Ar que escorre
Fogo nu

Você diz creia
Eu faço hora
Você demora
Eu imploro

que me leia.

Eclipse

Criadora, criatura da criação.
Cria, convicta, que cria minha
me obedeceria.
Inocente.

A loba que sou caça caçadores
especialmente na lua cheia, sabe,
apatia alheia cega paixões de
quem arde crua na cama, assa.
Tijolo não cimentado também é
frágil. Ágil, aja como houver,
também ajo, acho, ao que vier.

Nunca um algo é sem seu
semelhante contrário.
A ovelha grita também a dor da raposa.
As duas doem a cada mordida.
Quando os astros se encontram,

bicho, não há resquício
que aguente a pose.

*

Tenho o mar morto no peito.
Tanto sal, tanto sal, tanto sal, tanto sal, tanto sal, tanto sal.
Sou o mar morto do meu peito.
Tanto sal, tanto sal, tanto sal, tanto sal, tanto sal, tanto sal.

Se eu fosse um animal,

Aranha,
Viúva–negra:
Tecer
Atrair
Foder
Matar.

Se eu fosse
Um lobo, loba:
Uivo,
Caça,

Pelo
Olho.

Se eu fosse
Corvo
Gato
Sapo.

Mas sou mar morto, sem movimento, no peito.
Tanto sal, tanto sal, tanto sal, tanto sal, tanto sal, tanto sal.

Literatura deseja

Ofereço o corpo para que me leia,
se escreva nas minhas linhas, se
inscreva nas entrelinhas células
das formas, piche poemas em obras
abertas estetas estreitas em tetas.

Faça sinapses das minhas elipses,
anáforas nas minhas ancas, lados e lados
que entrego para suas letras e sons e sins.
Corpo é texto, palavra, A. Maiúsculos.

Corpo desenha:

Literatura pulso movimento.
Tecer textos–gestos
corpo fonético, estético.
Sujeito ao toque.

Literatura fome, sede.
Sujeita ao tempo.

(Pras montanhas, mil anos são um piscar de olhos, uma vír-
gula, nova estrofe:)

Nenhum demônio vai me achar no seu corpo.
Vamos trocar nossas peles?
Tocar.

Peito–papel, coxa moradia,
sentir os ossos e riscos do mundo.

Nossos filhos e hiatos são da lua com tinta.
Me procuro nos pontos e dois.

Seus códigos dão chaves de leituras:
aceito os não sei's só para poder:
pensar mais, ler outra vez, procurar de novo:
suas respostas, seus mistérios:
corpo hermético, literatura aberta.

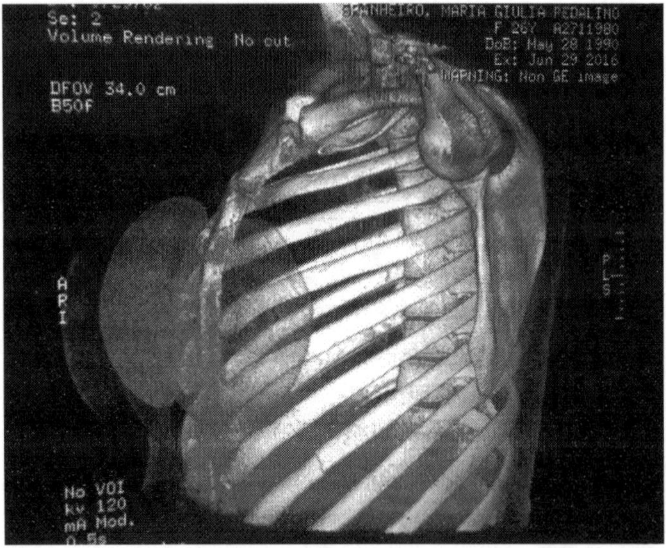
Se: 2
Volume Rendering No cut
DFOV 34.0 cm
B50f
F 26Y A2711980
DoB: May 28 1990
Ex: Jun 29 2016
WARNING: Non GE image
No VOI
kv 120
mA Mod.

Palavr'agua

Não dá pra ser leviano com o que sai da sua boca
nestes tempos de ódio.
Eu, que nunca chovo, nunca, estou aqui me inundando
dos outros,
chuva rasteira.

Não dá pra ser leviano com o sal da sua boca
nestes tempos de sódio.
Eu, que nunca sei como, nunca, estou aqui me perguntando
dos outros,
sereia muda.

Não dá pra ser mundano com o que é cal na sua boca
nestes tempos sem bródio.
Eu que sempre como, sempre, estou aqui me contemplando,
os outros.
Serpente cega.

E foi assim que meus vinte dedos viraram baratas:

Foi no dia em que minha casa foi infestada.
Todo o chão,
mil delas,
dois mil olhos,
seis mil patas.

Fui arrancando as asas,
uma a uma,
elas se refizeram,
tal qual uma teia
daquele outro inseto.

Elas voltaram a voar por mim.
Não importava quantas vezes eu tentasse lhes arrancar as asas.

Apareceram quinhentos ratos, então.
Eles comeram as baratas.
Eu lhes cortei as barrigas.
Mais baratas nasceram dentro deles.

(Do que é feita a pele, afinal?)

Elas subiram pelas paredes,
devoraram os ratos mortos abertos,
cobriram o teto por completo.

Eu me expus a elas, entregue.
(Ela cresce)

Abri meus braços, minhas pernas, minha boca, meus olhos,
meu nariz e cu.
Elas não entraram em mim.

Rejeitada,
vi como me olhavam e andavam e voavam,
como eu.

Apaixonada,
quis me tornar a outra
que já era,
sem que quisesse ser.

Arranquei os meus dedos,
mas não soube me recompor em teia,

e já não podia mais matar–me nada.

Vinte delas desfiaram até mim,
vindas dos cantos mais diferentes da sala,

compaixão de inseto cura.

Encaixaram–se nos meus buracos,
morreram,
pele.

Eu

sou inútil. Tudo em mim é inútil. Minha boca é inútil. Meus dentes são inúteis, minha língua não tem função alguma, minha garganta não serve à porra nenhuma, meu estômago, meu cu, nada. Nem meus pés são úteis, nem minhas mãos. Sou uma bagunça. Uma maluca. Estranha.
Tudo em mim é idiota, torto, errado.
Nada faz o que tem que fazer, é uma merda.
Outro dia, outra hora, fui deitar e caí.
Me enterrei
na lama,
engoli ar, caguei vazio,
eu nem sei meu nome,
atendo errado
quero o podre,
gozo quieta,
faço careta,
cuspo o mar,
chovo lago,
inundo meus lados,

bebo ao contrário,
pertenço ao
lodo.

Faço rima tosca.
Fodo a métrica.
As réguas parnasianas me
cansam.
Too sempre cansada.
Too sempre sozinha.
Não falo nada certo.
Fico em silêncio.
Sou tímida e velha e ridícula e pareço arrogante.
Mas sou só fraca mesmo, nem sei dançar, nem sei de nada.
Nem quero nada.
Eu só
Eu só
Eu só
Eu só
Eu só
Eu só
Eu só
Eu só
Eu só

Eu só
Eu só
Eu só
dispenso o disperso de mim.

Dor nas costas ou relato de um corpo exausto e vivíssimo

Tenho um sol
preso no ombro
esquerdo, aqui
embaixo, onde
nasce a asa.

Ele me oprime
e aquece, impede
o movimento, o
voo, o sexo, o
tempo, apoio.

Meu peito reflete,
empático, coitado.
Não pode ver dor
que já quer
doer. Alongamo–nos.

Tempero o coração
com remédios, analgésicos,
carinhos, massagens,
afetos. Salgo o

lombo pra ver
se o amor se
escorrega pra cima,
esfria meu astro
oculto, acalma

este calor, dilui
meu nó e permite
os pulos, planos.
Brigas, beijos.

A vida assim, eu sei,
ainda assim, é essa
dor que me dá a fúria
do desconforto, a gana
de mexer até esse fogo
baixar, até consumir
arder, queimar suar
esta sede de existir.

Jardineira da dor

a Han Ryner

artista, quando modela barro,
contempla entre os dedos,
gozo da terra molhada,
tato e desejo,
mais o prazer,
menos a beleza.

Amorzinho

Uma pomba preta manca pousa em minha mesa. Ela solta uma mistura do não digerido enquanto tomo o café. A pomba preta manca sorri com meu nojo. A pomba preta manca vem pulando em minha direção, me beija com o bico rosa e come cada um dos meus dentes brancos quadrados. Ela engole minha língua, também. Enquanto minha pomba preta manca voa longe, choro de saudade.

–

Achei minha pombinha em outro asfalto. Agora ela era branca e tinha duas patas. Não posso decorar desgostos e arranquei as asas de nós duas. Cuspi até ela ser preta em cada peninha e arranquei a pata esquerda. Ela pulava até a minha boca como a outra, mas só quando eu colocava os milhos no buraco da língua. De raiva, lhe segurei o bico até o desespero. Só depois reparei que esta tinha uma mancha vermelha no pescoço e por isso não era minha pombinha.

–

Escolhi uma pomba qualquer e decidi que seria a minha. Mas, antes, assei e comi cada pedaço, menos as asas. Fiz os ossos dela passarem apertados pela minha garganta e cu. Mas, as asas, deixei intactas, assadas e penadas no prato. Agora só seria minha pombinha o bicho que nascesse daqui.

–

Morri de sede de saudade e nenhuma pomba nasce de asa assada, boba. Fui pra um banco de praça até encontrar a pomba que me olhasse como se fosse minha. Nem medo, nem desejo, pomba, que é medo, desejo, fome e audácia. Se não encontrar, pego uma boa e como crua. Menos as asas. De asas cruas destemperadas deve nascer bicho bom.

–

Nada.

–

Minha pombinha tem pombinhas dela. Elas sempre por aí. Mas sei que a pombinha que eles formam juntos é cheia de tédios.

–

Todas as pombas são aquela que comeu minha língua?
Por que elas têm asas e comem do chão?
Eu arrumaria milho
nas nuvens, se
tivesse asa,
se tivesse língua.

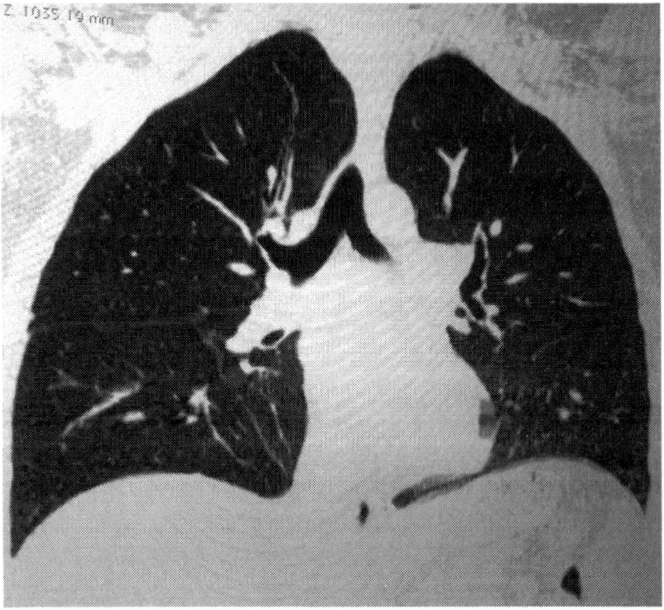
Z: 1035.19 mm

*

a Ana C.

Odeio, odeio seus cigarros. Odeio o jeito como você fuma, odeio sua fuga, odeio até quando você pede para eu fumar com você, essa tentativa ridícula de me aproximar do seu ritual, disso que é tão seu, tão irritantemente seu, odeio, odeio seus cigarros, todos eles, odeio cada denúncia que eles fazem na sua boca, odeio como seus dedos seguram os cigarros, odeio o fogo e o fascínio dos seus olhos, odeio o cheiro nas suas coisas, odeio a sua saudade, odeio suas mãos tremendo longe deles, odeio seu ciúme dos desconhecidos fumando, odeio você sair a hora que for para encontrá–los, odeio seus cinco minutinhos, suas desculpas, odeio você arrumar tempo para eles, odeio eles estarem sempre por perto, na sua mente, no seu peito, em cada célula do seu dia, odeio a sua solidão com eles, a sua intimidade, eu odeio, odeio o seu silêncio e devoção, essas horas dedicadas a eles, odeio o espaço deles nas suas coisas, nos seus dias e o jeito como eles fazem você conhecer pessoas, odeio até isso que eu podia gostar: odeio o seu pudor em não se apresentar fumando à família, odeio até essa sua decência, odeio por causa dessa cara de prazer insuportável com que você fuma escondido, parece que faz de propósito, que raiva da sua cara, odeio você provar a vida neles, odeio você querer morrer por eles, odeio você chupá-los distraído, odeio a sua necessidade, a urgência e também a sua convicção de que os quer por desejo, odeio você negar o vício óbvio, negar o costume, nem reparar no costume, odeio você só perceber que está há tempos com eles quando lembra histórias antigas — odeio vocês terem tantas histórias antigas — odeio você não os largar por nada, odeio eles serem sua paz, odeio como vocês são confidentes, odeio a amizade de vocês e você os exibindo em festas, bares e ruas, como se fossem algum triunfo só seu, como se lhe pertencessem somente, eu odeio, odeio a sua fidelidade, odeio todos, todos os seus cigarros, odeio a inveja que sinto quando penso que nunca serei tragada com tanta violência por você, odeio, odeio não ser os seus cigarros.

Trilha

A calma dele
versus
a minha obsessão.

A cama dele,
versos
da minha sala.

A mania dele de consumir o amor
como comida do natal que ainda passeia na geladeira em
março
contra
consumado
o meu desejo de chupar paixão feito miojo,
sem nem louça pro dia seguinte.

Ele é *noir*,
eu sou Klimt.

Um dia a gente se encontra
num meio fio da vida, na Vila.
Ele de havaianas,
eu de alto coque.

Ele diz qualquer coisa sobre escolhas,
eu faço um roque,
e, devagarinho, o crédito sobe.

*

Hoje deixei a chuva pingar.
Hoje me entreguei, parei no asfalto e deixei a chuva pingar.
Hoje deitei parada no asfalto para que a chuva pingasse.
Hoje tirei a roupa e fiquei deitada no asfalto deixando
a chuva pingar.
Hoje arranquei a pele e fiquei deitada no asfalto para que
a chuva pingasse.
Hoje abri a carne e deixei a chuva pingar.
Hoje nunca mais, eu disse à chuva, você me pinga
e escorri.

*

Estendo braços
como quem
atira flechas
e é o arco,
corpo inteiro.

Retrato em Paisagem

Seu cabelo é chuva,
cada gota me
leva à alma.
Mas, se acordo lua
e você não me
alcança, crespo
de esperança
que seu nublado
afeto me proteja
das faces ocultas.
Longe, cresço:
cheia, nova.
Seca, mínguo.
Meu espectro
nos seus borrões
penteia de calma,
então, o horizonte:
cachos e pingos,
dedos e silêncios.

*

No silêncio da lua,
meu ouvido toca
seu peito cru.

Meu peso é de quem?
no silêncio da lua,
mão puxa, empurra.

No silêncio da lua,
meu grito não ecoa,
açoita o infinito.

No silêncio da lua,
voa seu movimento,
dentro, pro meu vazio.

No silêncio da lua,
seu bastião finca
minha terra nua.

No silêncio da lua,
minha pele, seu
pelo negro cultua.

Sou sua,
no silêncio da lua,
no silêncio da lua.

*

Infame distância:
quanto mais longe,
mais próximo.
Incômodo silêncio:
quanto mais mudo,
mais barulhento.
Irônico tempo:
quanto mais passa,
mais fica.
Entre nós dois
não há mais nada,
além de tudo.

mov-

O tempo agora
é tempo urgente
a ação urgente
é ação no tempo
a presença no tempo
é presença na memória
a ausência na memória
é ausência agora.

*

Como se a pele
fosse antídoto da
morte, estou nua
ao seu lado.
Como se meus cheiros
sublimassem o medo,
toco–me diante dos seus olhos.
Como se não soubesse da
sua apatia ao meu amor,
rio do seu umbigo.
Como se fôssemos vivos,
choro a sua ausência.

*

A boca
não diz
o que o
coração
sente, a
boca diz
o que o
coração
queria sen-
tir. A boca
não sente
o que o
coração
diz, a boca
sente o que
o coração
queria di-
zer. A boca
sente, o co-

ração não
diz, a boca
diz, o cora-
ção não
sente.

Eu inocente do coração que muda.
Eu muda do coração inocente.
Eu, coração, mudo, inocente.
Eu calo calos.
Eu mudo.

*

A gente está,
o tempo é.

É preciso se matar até nascer.

Sem receber as trevas,
não dá pra dar a luz.

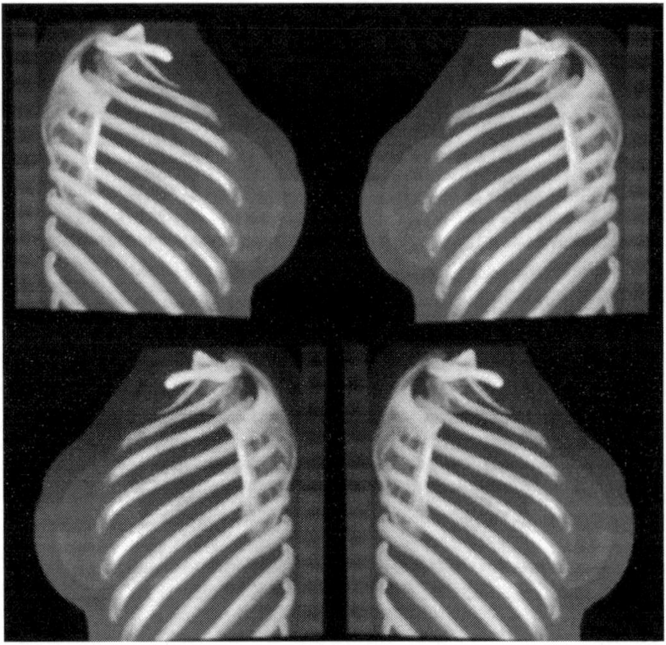

Jáinda

Essa é a história da borboleta que se apaixonou por um soco.
O amor platônico de uma borboleta por um soco.
MICHEL MELAMED

Nem a Argentina inteira poderia cantar em tangos
a minha melancolia.
Nem mesmo o território da Rússia dá conta
da minha saudade das suas mãos.
Nem se todas as borboletas do mundo planejassem um voo
rasante de onde estivessem
até trombarem de cara com a muralha da China em suicídios
solidários ao meu grito,
você poderia entender o quão belo é o que
você não vê passar pela janela do seu quarto.

Essas borboletas suicidas apaixonadas pelo nada
foram casulos um dia. Troço feio, com outro troço
feio dentro, uma larva nojenta. Mas são elas que
depois voarão bonito pelo nosso amor.

Essa coisa de não haver nada de novo sob o sol, nem mesmo
um sentimentozinho que seja.

Mil homens marchando em direção
a mil mulheres que guardo nas costelas.
Uma guerra civil de russos dançando tango na minha cabeça.
Qualquer imagem que não seja o vazio que fica
quando a mentira acaba.

*

Do parapeito,
a verdade
está em
tempo de
se matar.

Ainda hoje,
quem sabe?
ela pule no
Abismo.

Pode ser que.
Talvez não.
Vai que.
Né?

A verdade
anda com
delírios

de estrela
de pop star
de superstar
de megastar
de não estar
se encontrando mais de não estar mais sendo mais de não estar
podendo mais dizer nada.

Putz, pulou.
Já era,
tomara que amanhã
renasça mais sincera.

Cinzas

Descomeçou a folia.
(Avisa lá)

Banqueada:
alimento, glutona e sesta
simultânea e
desesperadamente
banqueteei,
Carnaval:

Dionísio casou Afrodite
em viaduto de chá azedo
molhado, mais do que devia.

Desbaquetear desavenças:
hoje já tem ônibus lotado:
desesperança de abaixar saia:

De ontem, amanhã e depois.
Hoje: pó e confete sujo amargo sujo:
cinza.

(Não importa quantas vezes devoremos os frutos proibidos,
a fome ancestral
se renovará.)

Pega o violão,
veste a calça,
me serve na mesa:
é quase meio dia,
ainda dá tempo
da última mordida.

Segredinho

Paixão,
antes de te comer,
cozinho–te
em teflon.
Não te desejo
desmanchado
no meu prato
de servir,
ou ainda
grudado
onde estavas
antes de
te engolir.
Quero nus
saborosos.
Este o truque
das misturas
bem feitas:
pouco óleo,

muito movimento.
Digiro
nosso calor
de substâncias
trocadas
fundidas
dilaceradas.
— Fora do banho,
Maria,
como
quem
nutre-se
só
para seguir.

Conto de Fada

Os heróis estão cansados,
os príncipes perderam o charme
(tem uns que têm até cárie),
as feras andam meio engraçadas
(dá pra ver o zíper atrás da braveza).

Mas, não se preocupem,
as feministas estão chegando
(em seus cavalos brancos?)
pra salvá–los do ridículo.

Elas marcham lindas
com seus corpos livres,
suas mãos dadas,
seus sorrisos fundos,
fragmentos
que, juntos,
compõem a força.

E, ao passarem reto
pelas mendicâncias
dos manchões barulhentos
(pra nós, têm o som do silêncio)
mostram o óbvio:

ou a fera se enfrenta,
o príncipe vai pra terapia
e os heróis pra realidade,
ou vão continuar gritando
sozinhos, enquanto a caravana goza.

*

Não meço,
não mereço,
não rezo
este terço.

Cof cof cof cof cof.

Não meço,
não mereço.
Não apreço
este preço.
Expresso:
reteso
regresso
apresso.

(Não prezo
prédio,
tédio,
êxito?)

Não
melo,
elo.

Não
tê–lo,
tela.

....

Trepo
treco
teco
tec:

te
é
eco.

Poema ao incerto

me entrego ao mar,
como um dia me
entreguei à lua.

à face oculta,
à face cheia.

me entrego ao mar,
contemplando
aquilo que
não entendo.

me entrego ao mar
e sangro meu
fogo nele.

me entrego ao mar
para que ele dê
o elemento que falta.

me entrego ao mar,
meu furacão
incendiário à água
salgada, para que
minha terra
se torne
fértil novamente.

me entrego ao mar,
não como um menino
ou um velho,
ainda que os veja
lá dentro.

me entrego ao mar
como Frida Kahlo.
não pela poesia da morte,
mas pela profunda paixão
pela vida:
me entrego ao amar.

*

O amor é um velho
que entra na sala
e ninguém nota.

Fica quieto, não
reclama e, quando
alguém está pra sair,
e olha pro sofá e diz:
"nossa, ele estava aqui",
o amor ri e fica jovem
por um segundo,
por um beijo,
e ri mais
e ri e ri e ri e ri
e some.

O amor não grita e até
aceita corrente de ar.

Às vezes morre por inanição.
Às vezes é terno,
outras, etéreo,
quase nunca eterno,
mas acontece.

O amor é um velho
que entra na sala
e ninguém nota.

*

Amor
de mãe
é mar.

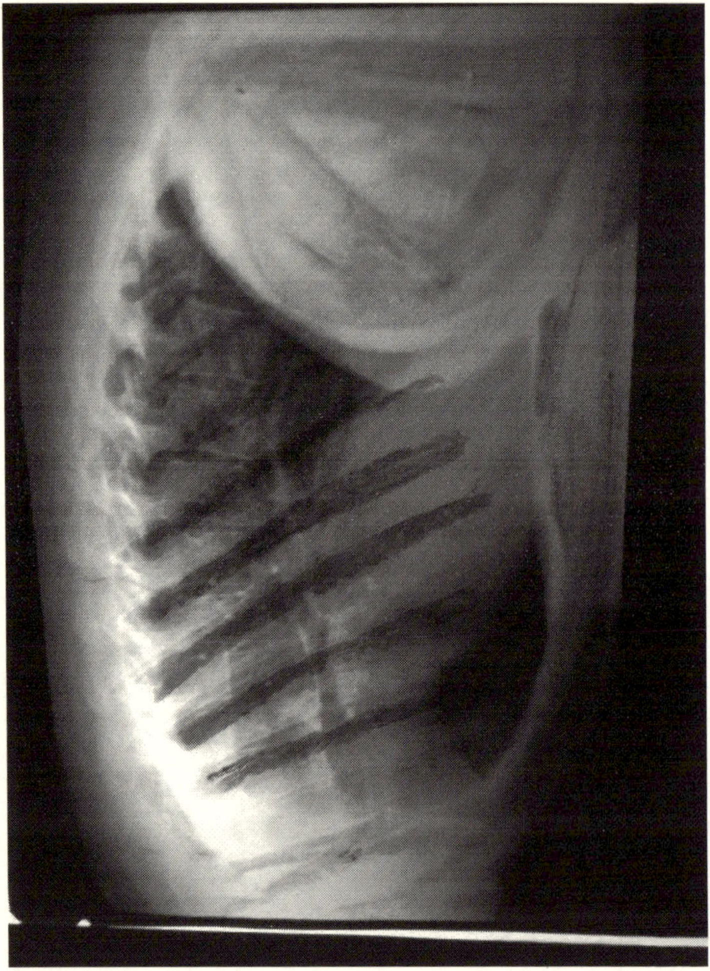

*

Nem o mar
nem o tempo
enferrujam
infinitos.

*

No pega–pega
do dia a dia,
seu colo,
meu pique.

*

O relógio do meu peito
escorre em anti–horário,
se é no seu colo que deito.

*

Ter tempo
de ver no
relógio as
horas que
me faltam
pra perder
com você.

*

Psiu,
a gente
toda
morre
tudo.

Romance passageiro

Nos vimos na Chácara Klabin
Nos falamos na Ana Rosa
Nos beijamos no paraíso
Nos deixamos na consolação

Negócio

De que me serve
arder nos ócios,
se este casamento não faísca a verve?

— Solidão, eu quero o divórcio.

*

A tua…?
Ocaso.
Na rua,
acaso.
Na lua,
eu caso.

*

Disse-me,
um dia:
saber-se Maria
é destino
e desterro.
Mas, acalme, guria,
que livre é crer-se
apaixonada
nativa do
peito Maria.

Brincadeira de menina

Nós quatro

Eu com elas
Você com elas

Nós por cima
Elas por baixo

*

De menino
a mulher,
el_ ficou
gigante.

*

Ela me tomou
para um samba, e eu
nunca mais voltei.

A dois

Não bus-
que baixo.
Na que-
da, voo.

*

a Alice Ruiz

Dizer sim
todo verso
até cantar seu riso.

*

Carne,
soul
sua.

*

Cama engole
corpo com
sede d'alma.

*

Suar
Saudade
Sua

*

Silêncio:
Dor muda.

*

Liberdade:
de grade em grade,
fiquei, dentro, grande.

*

Haja silêncio enquanto houver,
aja minha voz o quanto puder.

Post it

Se quiser
se encontrar,
me procure.

Autorretrato dos 25

Sol no peito,
lua na nuca,
pé vinco da terra,
e a cabeça lá com Deus.
Vou cavaleira no meu alazão
contra os muros e portões do tédio,
forte como quem anda no caminho de si,
livre como quem faz o caminho de si,
bela como quem é o caminho de si.

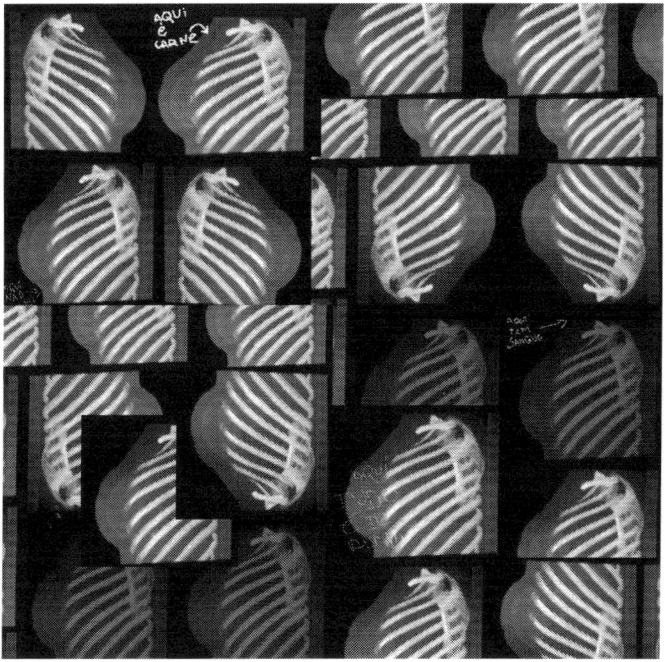
AQUI
É
CARNE
AQUI
TEM
SANGUE

*

Sou o tempo
com rosto de mulher,
seios, umbigo e vulva.
Tenho até cu de mulher e,
ainda assim, sou o tempo,
calma e dor,
levando em mim o fogo
do que foi meu:
aquele que aceita, abrigo.
Se perdeu,
morre comigo.

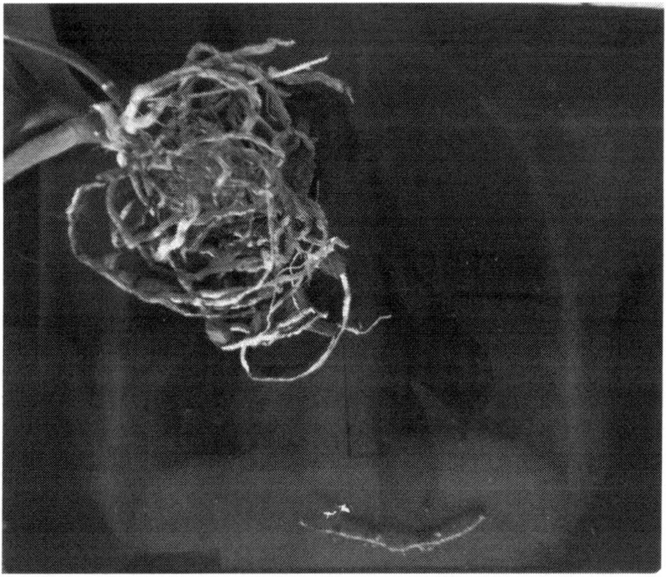

Autorretrato do peito nu com raiz de papel e coração de Orquídea

Lembrete

o outro–eu é
outro–outro.

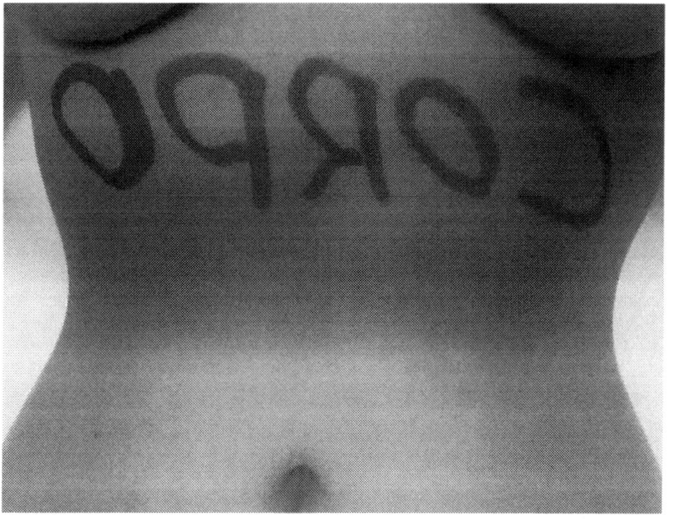
CORPO

Maria Giulia Pinheiro

é artista-etc. Autora de "Da Poeta ao Inevitável" (Editora Patuá, 2013), "Alteridade" (Selo do Burro, 2016), "30 (poemas de amor) para (os) 30 (anos de alguém que nunca amei tanto assim)" (Editora Urutau, 2020) e "Isso não é relevante" (Companhia Cepa Torta, 2022), vencedor do II Prémio Nova Dramaturgia de Autoria Feminina. Em 2020, ficou em 4º Lugar na Copa do Mundo de Poetry Slam, da França, representando Portugal. Em 2019, estreou o espetáculo de palavra falada "A Palavra Mais Bonita", que desde então circula os países de línguas portuguesas. Também é criadora do Núcleo de Dramaturgia Feminista e atualmente doutoranda na Universidade de Coimbra. Mais em: www.mariagiuliapinheiro.com

SEGUNDA EDIÇÃO

–PRIMAVERA-OUTONO –

BARREIRO/COTIA

MMXXIII